W0395618

Mère Teresa

LA JOIE DU DON

PRÉFACE DE MALCOLM MUGGERIDGE

TRADUCTION DE L'ANGLAIS
PAR PAUL GRANVILLE

Éditions du Seuil

Titre original : *A Gift for God*
Éditeur original : William Collins Sons and Co. Ltd., 1975
© Mother Teresa Missionaries of Charity, 1975

ISBN 2-02-032611-6
(ISBN 2-02-004257-6, 1re publication
ISBN 2-02-005351-9, 1re publication poche)

© 1975, pour la traduction française, Éditions du Seuil

Le Code de la propriété intellectuelle interdit les copies ou reproductions destinées à une utilisation collective. Toute représentation ou reproduction intégrale ou partielle faite par quelque procédé que ce soit, sans le consentement de l'auteur ou de ses ayants cause, est illicite et constitue une contrefaçon sanctionnée par les articles L.335-2 et suivants du Code de la propriété intellectuelle.

PAS DE TAUDIS AU CIEL

Voici un choix de paroles, prières, méditations, lettres et allocutions de mère Teresa, qui en communiquera, nous l'espérons, le goût et la saveur propres ; il pourra servir aussi de recueil spirituel à ses admirateurs et à ses disciples.

Mère Teresa garde habituellement une grande réserve dans ses paroles — sauf s'il est question de l'amour de Dieu et de son adoration. Mais quand elle parle, — oralement ou par écrit —, les mots jaillissent du cœur et l'on entend sa voix même. Elle ne prépare jamais, semble-t-il, ce qu'elle doit dire ; mais elle se rend à la chapelle, où se fait pour elle toute préparation. Un jour, à Londres, elle attendait l'autobus quand un marchand de fleurs, qui l'avait reconnue d'après une émission de télévision, vint lui donner un bouquet de violettes. Quand je la retrouvai, elle me raconta ce qui venait d'arriver et ajouta aussitôt : « Il faut lui donner les fleurs. » Et elle me conduisit à la chapelle pour les mettre sur l'autel. C'est un de ces moments qu'on marque d'une pierre blanche dans la trouble grisaille du monde d'aujourd'hui.

Tous les publics, des plus intellectuels aux plus simples et aux plus pauvres, — on l'a observé maintes fois — sont sensibles à la force de sa parole. Il n'y a chez elle aucune concession, aucun détour propre à adapter le sens ou le langage au niveau intellectuel apparent de ses auditeurs ; le message est toujours le même, et toujours frappant et neuf. Elle montre la face lumineuse de la vérité, — qui ne peut être banale ni lassante comme l'est trop souvent son ombre moralisante et théorique. On n'a pas oublié au Canada l'émission de télévision à laquelle elle a participé avec Jacques Monod et Jean Vanier ; elle était restée immobile, la tête inclinée, comme en prière, tandis que le célèbre biologiste, lauréat du prix Nobel, exposait vigoureusement le processus inexorable selon lequel le destin de l'humanité est entièrement inscrit dans notre système génétique. Quand le meneur de jeu eut pressé mère Teresa de donner son avis, elle leva simplement la tête pour dire : « Je crois en l'amour et en la compassion », puis elle retourna à son silence intérieur. Le témoignage de chrétien qu'avait apporté Jean Vanier avait eu du poids, mais cette seule intervention eut quelque chose de tout à fait décisif; Jacques Monod a dit ultérieurement qu'un peu plus et il aurait craint de voir ébranlé son athéisme fondamental.

Une autre fois, ce fut au cours d'une de ces émissions du matin qui aident les Américains à avaler leur porridge, leur café et l'ensemble de leur breakfast. Mère Teresa ne s'était encore jamais trouvée dans un studio newyorkais de télévision, et elle ne s'attendait pas aux interruptions continuelles de l'émission par les annonces publicitaires. Et puis elle restait surprise des étranges coloris que revêtait son interlocuteur sur l'écran de contrôle devant elle, chevelure verte, nez mauve et moustache tombante rose vif. Il se trouva enfin que ce matin-là toute la publicité portait sur différentes sortes de pains spéciaux et d'ali-

ments préconditionnés que l'on recommandait aux téléspectateurs pour leurs qualités amaigrissantes et antinutritives. Il fallut un moment avant que l'ironie de la situation lui apparût, elle dont l'obsession constante est la recherche des moyens de nourrir les affamés et de permettre aux squelettes humains de se revêtir d'un peu de chair. Soudain on entendit sa voix très calme mais parfaitement perceptible aux auditeurs; elle dit simplement : « Je m'aperçois qu'on a besoin du Christ dans les studios de télévision. » C'était la première fois qu'arrivait pareille chose, une parole de vérité avait été jetée sous la meule d'un de ces moulins à rêves où se fabrique le mythe du XXe siècle, le mythe de la poursuite du bonheur et du succès. Dans le studio le silence se fit subitement et on aurait cru que les lumières allaient s'éteindre et le speaker devenir muet. Mais en fait, comme les annonces s'enchaînaient et que mère Teresa n'avait pas le son, le choc causé par son interruption s'amortit rapidement. Cela valait pourtant qu'il en reste une trace, sinon dans le New York Times, *en tout cas dans le Livre de la Vie.*

C'est dans les lettres de mère Teresa que le rire — qui chez elle n'est jamais bien loin — se perçoit le plus clairement. Lettres merveilleusement belles et merveilleusement drôles, qu'elle écrit tard dans la nuit, ou en train, en avion, toujours à la main et sur le papier le plus minable. Je suis persuadé qu'une des raisons de son amour pour les pauvres est dans le fait que ceux-ci rient plus que les riches, qui sont enclins à une excessive solennité. Ainsi les maniaques du pouvoir de tout acabit, qui non seulement refusent en eux le rire, mais chez les autres l'ont en horreur comme « une passion hostile à leurs desseins » selon le mot du roi Jean de Shakespeare. Mère Teresa le trouve au contraire très favorable à ses desseins à elle. Elle aime redire qu'un visage souriant fait intégralement partie de l'amour chrétien, et elle tient à ce que les maisons de ses missionnaires de la Charité retentissent de rires comme il en était sur les routes que parcouraient autrefois saint François et ses Frères. Dans tout saint il y a un clown, et inversement. Qu'est-ce qu'un saint, après tout, sinon un clown transcendantal, qui entend, quand s'ouvrent les portes du ciel, se mêler le rire céleste à la musique céleste ? Au cœur de l'univers il découvre quelque chose qui n'est pas seulement mystérieux mais drôle.

Ainsi, dans une lettre de Calcutta, mère Teresa raconte le rêve qu'elle avait fait alors qu'elle délirait de fièvre, étant tombée malade au tout début de sa nouvelle tâche dans cette ville. « Dans ce rêve, écrit-elle, j'allais trouver saint Pierre, mais il ne voulait pas me laisser entrer, il me disait : Il n'y a pas de taudis au ciel. Cela me mettait en colère et je répondais : Très bien, puisque c'est ainsi je vais remplir le ciel de gens des taudis et vous serez bien forcé de me laisser entrer ! Pauvre saint Pierre... Depuis ce moment-là les Sœurs et les Frères ne lui laissent pas de repos et il est obligé de faire très attention car nos amis ont par leurs souffrances réservé leurs places depuis longtemps. A la fin ils n'ont plus qu'à retirer leur billet pour saint Pierre. Je pense à ces milliers de personnes qui sont mortes chez nous et à qui a été donnée la joie de ce billet pour saint Pierre. »

Une autre fois, à propos de l'ouverture d'une maison des Missionnaires de la Cha-

rité à Lucknow, elle écrit : « Vous serez heureux de savoir que la chaleur cette année a été vraiment intense, aussi notre maison de Lucknow fut-elle vraiment fondée sur l'Amour brûlant. Il est bon de brûler de la chaleur de Dieu à l'extérieur puisque nous ne brûlons pas de la chaleur de Dieu dans nos cœurs. (...) A Lucknow nous avons pris pour résidence un vieux cimetière anglais, de sorte que si les Sœurs commencent à chanter la nuit des chants anglais on saura d'où cela vient. » Or, un jour, mère Teresa vint avec quelques Sœurs me voir chez moi, et là elles se mirent à chanter, très doucement, des chants anglais. Je jure que ceux-ci ne venaient pas du vieux cimetière de Lucknow. Je crois que je sais d'où ils venaient, et j'espère que les pages suivantes pourront transmettre l'écho du même chant et du même rire qui l'accompagnait.

MALCOLM MUGGERIDGE.

[illegible] ... savoir que la chaleur ... [illegible]

[illegible]

L'AMOUR COMMENCE A LA MAISON

Si le monde aujourd'hui connaît un tel désordre et une telle souffrance, cela me semble dû à une carence de l'amour au foyer et dans la vie familiale. Nous n'avons pas de temps pour nos propres enfants, nous n'avons pas de temps l'un pour l'autre : nous n'avons pas le temps de nous savourer mutuellement. Si nous pouvions seulement faire passer dans notre vie celle que Jésus, Marie et Joseph vivaient à Nazareth, si nous pouvions faire de nos maisons un autre Nazareth, je crois que dans le monde règneraient la paix et la joie.

L'amour commence à la maison ; l'amour vit dans les foyers, et c'est pourquoi le monde aujourd'hui connaît tant de souffrance et si peu de bonheur. Jésus nous dira, si nous l'écoutons, ce qu'il a dit déjà : « Aimez-vous les uns les autres, comme je vous ai aimés. » Il nous a aimés à travers la souffrance et la mort pour nous sur la croix ; si nous voulons nous aimer les uns les autres, si nous voulons faire entrer cet amour dans la vie, c'est au foyer que cela doit commencer.

Nous devons faire de nos maisons des centres de compassion et ne jamais cesser de pardonner.

Aujourd'hui chacun semble emporté par une terrible hâte, par l'anxiété de la croissance, par celle de la richesse, au point que les enfants mêmes n'ont plus de temps pour leurs parents, et que ceux-ci n'ont plus de temps l'un pour l'autre ; c'est au foyer que commence la fracture de la paix du monde.

Les personnes qui s'aiment pleinement et véritablement l'une l'autre sont ce qu'il y a de plus heureux dans le monde. Nous le voyons bien jusque chez les plus pauvres ; ils aiment leurs enfants, ils aiment leur foyer ; ils peuvent n'avoir presque rien, ou même n'avoir rien du tout, mais ils sont heureux.

L'amour vivant fait mal. Faisant la preuve de son amour pour nous, Jésus est mort sur la croix. Donnant le jour à son enfant, une mère passe par la souffrance. Quand il y a véritablement amour mutuel, il y a nécessairement sacrifice.

FOI

Je serais prête à renoncer à ma vie plutôt qu'à ma foi.

La foi est un don de Dieu. Pas de vie sans elle. Pour être toute à Dieu et porter fruit et beauté, notre œuvre doit être bâtie sur la foi, — la foi dans le Christ, qui a dit : « J'avais faim, j'étais nu, j'étais malade, j'étais sans foyer, et vous m'avez secouru. » Toute notre œuvre est fondée sur ces paroles du Christ.

L'absence de la foi résulte de l'égoïsme et de l'amour du gain personnel. La foi, pour être véritable, doit être un amour qui donne. Amour et foi vont de pair. Ils ont besoin l'un de l'autre.

Je crois, cher ami, vous comprendre mieux à présent. Je crains de n'avoir pas de réponse à votre souffrance profonde. Je ne sais pourquoi, mais vous êtes pour moi comme Nicodème, et je suis sûre que la réponse est la même : « Si vous ne devenez un petit enfant... » Je suis sûre que vous comprendrez tout admirablement, — si seulement vous devenez un petit enfant entre les mains de Dieu. Votre désir de Dieu est si profond, et pourtant celui-ci reste à distance de vous. Sans doute se force-t-il à le faire, puisqu'il vous aime au point de livrer Jésus à la mort pour vous et pour moi. Le désir du Christ est d'être votre nourriture. La nourriture vivante abonde devant vous, et vous vous laissez mourir de faim. L'amour personnel que vous porte le Christ est infini, — la petite difficulté qui vous éloigne de l'Eglise est finie. Dépassez le fini avec l'infini. Le Christ vous a créé parce qu'il avait besoin de vous. Je sais ce que vous ressentez : un terrible désir, en même temps qu'un sombre vide — et cependant, c'est lui qui vous aime. Je ne sais si vous avez déjà lu ces quelques vers, qui m'apportent à moi plénitude et vide :

Mon Dieu, mon Dieu, qu'est-ce qu'un cœur
Pour qu'il fasse l'objet de tels soins et soucis
De vous qui l'abreuvez de votre propre cœur
Comme s'il n'était rien de plus urgent à faire ?

Ce qui apparaît en surface dans l'Eglise aujourd'hui passera. Pour le Christ, l'Eglise est la même aujourd'hui, hier et demain. Les apôtres sont passés par les mêmes sentiments de crainte et de défiance, d'échec et d'infidélité, et pourtant le Christ ne les a pas grondés, — tout juste : « Petits enfants... Hommes de peu de foi... Pourquoi avoir eu peur ? » Je souhaite que nous puissions aimer comme lui — *maintenant.*

SOUFFRANCE

La souffrance est croissante dans le monde d'aujourd'hui. Les gens ont faim de quelque chose qui soit plus beau, plus grand, que ce que les gens d'alentour peuvent leur donner. Il y a une grande faim de Dieu dans le monde d'aujourd'hui. Partout la souffrance est grande, mais aussi la faim est grande, la faim de Dieu et d'amour mutuel.

Il y a une faim de gros pain, et il y a une faim d'amour, de bonté, d'attention ; c'est là qu'est la pauvreté profonde qui entraîne tant de souffrances.

La souffrance n'est rien en soi ; mais c'est un admirable don que la souffrance partagée avec la passion du Christ. Le plus beau don reçu par l'homme est la possibilité d'avoir part à la passion du Christ. Oui, un don et un signe de son amour ; puisque c'est ainsi que son Père a montré qu'il aimait le monde, — en donnant son Fils pour qu'il meure pour nous.

Ainsi fut-il montré dans le Christ que le don le plus grand c'est l'amour, puisque la souffrance a acquitté le prix du péché.

Sans lui nous ne pourrions rien faire. Et c'est à l'autel que nous rencontrons le pauvre souffrant. Et c'est en lui que nous savons que la souffrance peut devenir moyen de plus grand amour, de plus grande générosité.

Sans notre souffrance, notre œuvre ne serait qu'une œuvre sociale, très bonne et secourable, mais elle ne serait pas l'œuvre de Jésus-Christ, elle ne participerait pas à la Rédemption. Jésus a voulu nous aider en partageant notre vie, notre solitude, notre agonie, notre mort. Il fallait qu'il fût un avec nous pour nous sauver.

Il nous est demandé de faire de même ; toute l'affliction des pauvres, indigence matérielle aussi bien que dénuement spirituel, doit être sauvée. Et nous devons partager cette affliction, car il faut que nous soyons un avec eux pour pouvoir les sauver, en amenant Dieu dans leur vie et en les amenant à Dieu.

C'est une joie que la souffrance, si elle est acceptée en commun et portée en commun.

Parmi nos Coopérateurs nous avons des malades et des infirmes qui très souvent ne peuvent prendre aucune part au travail. Alors ils adoptent une Sœur ou un Frère, et offrent pour lui ou pour elle toutes leurs souffrances et leurs prières. Ainsi le Frère ou la Sœur implique totalement le Coopérateur malade dans tout ce qu'il ou elle fait. A deux ils deviennent comme un seul être, et ils s'appellent l'un l'autre leur second moi. J'ai de cette manière un second moi en Belgique et, récemment, quand j'y suis allée, elle m'a dit : « Je suis sûre que vous avez devant vous une période chargée, avec beaucoup de démarches, de travaux, de paroles. Je le sais par la douleur que je ressens dans la colonne vertébrale, et à cause de l'opération pénible qu'il va m'être rapidement nécessaire de subir. » C'est sa dix-septième opération, et chaque fois que j'ai quelque chose de spécial à faire, c'est elle qui derrière moi me donne la force et le courage de faire ce que j'ai à faire pour accomplir la volonté de Dieu. C'est pourquoi je suis capable de faire ce que je fais ; c'est elle, mon second moi, qui fait pour moi la part la plus difficile du travail.

Mes très chers sœurs et frères souffrants, soyez assurés que chacun de nous présente votre amour devant le trône de Dieu et que chaque jour nous vous y offrons au Christ, ou plutôt que nous nous y offrons l'un l'autre au Christ, pour les âmes. Nous tous Missionnaires de la Charité, quelle reconnaissance nous devons éprouver, vous d'avoir à souffrir et nous d'avoir à travailler. Nous accomplissons les uns pour les autres ce qui manque dans notre relation au Christ. Votre vie de sacrifice est le calice, ou plutôt ce sont nos vœux qui sont le calice dans lequel votre souffrance et notre travail sont le vin — le cœur immaculé. Nous sommes ensemble à tenir en nos mains le même calice et c'est ainsi que nous pouvons étancher la soif brûlante qu'il éprouve pour les âmes.

Je trouve le travail plus léger et le sourire plus aisé quand je pense à chacun de mes frères et sœurs souffrants. Jésus demande que vous ne cessiez pas de verser dans la lampe de notre vie l'huile de votre amour et de votre sacrifice. Vous revivez vraiment la passion du Christ. Tout meurtris, défaits, accablés de douleurs et de plaies que vous êtes, acceptez Jésus tel qu'il vient dans votre vie.

Si nos pauvres parfois ont dû mourir de faim, ce n'est pas que Dieu n'en a pas pris soin, mais c'est que vous et moi nous n'avons pas donné, nous n'avons pas été entre les mains de Dieu un instrument de l'amour, pour que leur soient donnés ce pain et ce vêtement ; c'est que nous n'avons pas reconnu le Christ, quand une fois de plus il est venu sous l'affligeante apparence de l'homme affamé, de l'homme esseulé, de l'enfant sans foyer, de l'errant sans abri.

Dieu s'est identifié avec l'affamé, le malade, le nu, le sans-foyer ; faim pas seulement de pain mais d'amour, d'attention, faim d'être quelqu'un pour quelqu'un ; nudité pas seulement par manque de vêtements mais par manque de cette compassion que si peu de personnes savent offrir à l'inconnu ; sans foyer, pas seulement sans un abri de cailloux, mais sans une personne qu'on puisse appeler sienne.

IMITATION DU CHRIST

Mes enfants très chers, aimons Jésus avec tout notre cœur, avec toute notre âme. Gardez le sourire. Souriez à Jésus dans votre souffrance, — car pour être un vrai Missionnaire de la Charité vous devez être une victime pleine d'allégresse. Que je suis heureuse de vous avoir toutes ; vous faites partie de moi autant que chaque Sœur ici fait partie de moi. Et souvent quand la tâche est très dure je pense à chacun de vous et je dis à Dieu : « Regarde mes enfants souffrants, et pour leur amour, bénis cette tâche. » La réponse est immédiate. Vous le voyez, vous êtes notre trésorerie générale, — la centrale énergétique des Missionnaires de la Charité.

Le Christ étant invisible, nous ne pouvons lui montrer notre amour ; mais nos voisins sont toujours visibles, et nous pouvons faire pour eux ce que, si le Christ était visible, nous aimerions faire pour lui.

Aujourd'hui c'est le même Christ qui est présent en ceux dont on n'a pas besoin, qu'on n'emploie pas, qu'on ne soigne pas, qui ont faim, qui sont nus, qui n'ont pas de foyer.

Ils semblent inutiles à l'Etat et à la société, personne n'a de temps à leur donner. C'est à nous, chrétiens, vous et moi, dignes de l'amour du Christ si notre amour est véritable, c'est à nous de les trouver, de les aider ; ils sont là pour que nous les trouvions.

Le travail pour le travail, tel est le danger qui toujours nous menace. C'est là que le respect et l'amour et la piété interviennent, pour que nous adressions notre travail à Dieu, au Christ ; et voilà pourquoi nous essayons de le faire aussi bellement qu'il est possible.

Les chrétiens sont comme de la lumière pour les autres... pour ceux du monde. Si nous sommes chrétiens nous devons ressembler au Christ.

L'art de la prévenance, si vous voulez l'apprendre, vous fera ressembler de plus en plus au Christ, car son cœur était humble et il était toujours attentif à autrui. Une grande sainteté commence par la prévenance. Pour être belle, notre vocation doit être pleine de l'attention aux autres. Là où Jésus a passé, il a fait du bien. La Vierge Marie à Cana n'a pensé qu'aux besoins des autres et à les communiquer à Jésus.

Un chrétien est un tabernacle du Dieu vivant. Il m'a créée, il m'a choisie, il est venu habiter en moi, parce qu'il avait besoin de moi. Maintenant que vous avez appris combien Dieu vous aime d'amour, quoi de plus naturel pour vous que de passer le reste de votre vie à rayonner de cet amour ?

Etre vraiment chrétien, c'est accepter vraiment le Christ et devenir un autre Christ l'un pour l'autre. C'est aimer comme nous sommes aimés et comme le Christ nous a aimés sur la croix. C'est nous aimer l'un l'autre et donner aux autres.

Le Christ, quand il a dit : « J'étais affamé et vous m'avez donné à manger » ne parlait pas seulement de la faim de pain et d'aliments, il parlait aussi de la faim d'amour. Jésus lui-même a fait l'expérience de cette solitude. Il est venu parmi les siens et les siens ne l'ont pas reçu, ce lui fut douloureux et n'a cessé de l'être (...) La même faim, la même solitude, la même déréliction : n'être reçu par personne, n'être aimé de personne, n'être nécessaire à personne. Tout être humain qui vit cela est semblable au Christ dans sa solitude ; c'est le plus dur, c'est la faim véritable.

PORTEURS DE L'AMOUR DE DIEU

Essayons tout d'abord de vivre l'esprit des Missionnaires de la Charité, qui est un esprit de total abandon à Dieu, d'affectueuse confiance mutuelle et de gaieté avec tous. Si nous acceptons vraiment cet esprit, alors sûrement nous serons les coopérateurs du Christ, les porteurs de son amour. Cet esprit doit rayonner de votre cœur à votre famille, à votre voisinage, à votre ville, à votre pays, au monde. Insistons encore et encore sur cette tâche qui est comme de trouver des fonds, mais des fonds d'amour, de bonté, de compréhension, de paix. Pour ce qui est de l'argent, il viendra bien ; si nous cherchons d'abord le royaume de Dieu, le reste sera donné par surcroît.

Mieux vaudrait pour moi dans la bonté et la compassion commettre des erreurs que dans la rudesse et la dureté susciter des miracles.

Si véritablement nous désirons aimer, nous savons bien que nous devons apprendre à pardonner.

Nous ne pourrions pas comprendre et réellement secourir ceux qui manquent de tout, si nous ne vivions pas comme eux. Tout geste d'amour, si petit qu'il soit, à l'égard du pauvre et de l'indésirable, est important pour Jésus.

N'attendez pas guides ou chefs ; faites seul le nécessaire, de personne à personne.

Chaque Sœur doit devenir une coopératrice du Christ dans les taudis, aussi chacune doit-elle comprendre ce qu'attendent d'elle Dieu et les Missionnaires de la Charité. Que le Christ infuse en elle sa lumière et sa vie, et à travers elle dans les taudis. Que les pauvres, en la voyant, soient attirés vers le Christ et invitent celui-ci à entrer dans leur maison et dans leur vie. Que les malades et les souffrants trouvent en elle vraiment un ange de réconfort et de consolation. Que les petits au long des rues s'accrochent à elle parce qu'elle leur rappelle celui qui était l'ami des petits.

Notre vie de pauvreté est aussi nécessaire que notre tâche elle-même. C'est au Ciel seulement que nous comprendrons l'étendue de notre dette envers les pauvres, qui nous ont fait mieux aimer Dieu pour leur amour.

Nos vies sont mêlées à Jésus dans l'Eucharistie ; la foi et l'amour que nous donne l'Eucharistie nous rendent capables de le voir sous l'apparence affligeante des pauvres, et ainsi n'y a-t-il qu'un seul amour de Jésus, comme il n'y a qu'une personne dans les pauvres : Jésus.

Nous faisons vœu de chasteté pour aimer le Christ d'un amour indivisible, pour être capables de l'aimer d'un amour indivisible nous faisons vœu de pauvreté, ce qui nous libère de toute possession matérielle, et dans cette liberté nous pouvons l'aimer d'un amour indivisible ; ce vœu d'amour indivisible nous fait nous abandonner totalement à lui dans la personne qui prend sa place. En sorte que notre vœu d'obéissance est une autre façon de donner, et d'être aimé. Quant au quatrième vœu que nous faisons, il est de servir gratuitement et de tout cœur les plus pauvres des pauvres. Par ce vœu, nous nous engageons nous-mêmes à être l'un d'eux, à ne dépendre que de la providence divine, à ne rien avoir, et cependant à tout posséder en possédant le Christ.

Qu'il n'y ait nul orgueil ni vanité dans votre tâche. Cette tâche est la tâche de Dieu, les pauvres sont les pauvres de Dieu. Donnez-vous complètement à l'emprise de Jésus, en sorte que ses pensées puissent devenir vos pensées, et qu'il puisse accomplir son œuvre par vos mains, car vous pourrez tout avec lui qui vous donne sa force.

Accepter tout ce que Dieu vous donne et lui donner tout ce qu'il vous prend, c'est laisser la grâce de Dieu faire son œuvre en vous-même. La sainteté véritable consiste à faire en souriant la volonté de Dieu.

Dieu est la pureté même, et rien d'impur ne peut paraître devant sa face ; et pourtant je ne crois pas que Dieu puisse haïr, parce que Dieu est amour et qu'il nous aime en dépit de notre misère et de notre péché. Dieu est un père aimant, notre père, et nous n'avons qu'à nous tourner vers lui. Dieu ne peut pas haïr, Dieu aime, puisqu'il est l'amour ; seulement l'impureté est un écran qui empêche de voir Dieu. Il ne s'agit pas seulement du péché d'impureté, mais est aussi impureté tout ce qui nous retient, tout ce qui nous détourne de Dieu, tout ce qui diminue en nous la ressemblance au Christ, tout ce qui est haine ou absence de charité. Si nous sommes pleins du péché, Dieu ne peut nous remplir, car Dieu lui-même ne peut remplir ce qui est plein. Voilà pourquoi nous avons besoin du pardon : nous nous vidons, et Dieu nous remplit de lui-même.

Dans l'action, c'est l'amour que les Coopérateurs doivent donner. Nos œuvres d'amour ne sont rien que des œuvres de paix. Accomplissons-les avec un plus grand amour, une plus grande efficacité : chacun dans sa tâche propre, dans la vie quotidienne, à la maison, auprès de ses voisins.

Continuez à donner Jésus aux vôtres, non en parole mais en exemple, par l'amour qui vous unit à lui, en rayonnant sa sainteté et répandant son parfum d'amour partout où vous allez. Que votre force ne soit que dans la joie de Jésus. Soyez heureuses et en paix. Acceptez tout ce qu'il donne, et donnez tout ce qu'il prend, avec un grand sourire. Vous lui appartenez. Dites-lui : « Je suis à vous, et si vous me mettez en pièces, chacune des pièces ne sera tout entière qu'à vous. » Que Jésus soit en vous la victime et le prêtre.

Dans le pauvre nous touchons réellement le corps du Christ. Dans le pauvre c'est au Christ affamé que nous donnons à manger, dans le pauvre c'est le Christ nu que nous habillons et c'est le Christ errant que nous logeons.

La faim n'est pas seulement besoin de pain, la nudité manque de vêtements, ni l'errance besoin d'un toit. Même les riches ont faim d'amour et d'attention, faim d'être nécessaires, faim de pouvoir appeler sien quelqu'un d'autre.

Jésus-Christ disait que nous avons plus d'importance pour son Père que l'herbe, les oiseaux du ciel, les fleurs des champs ; et si son Père prend un tel soin de tout cela, combien plus ne ferait-il pas pour ce qui est en nous sa propre vie ! Il ne peut nous tromper, car la vie est le plus grand don de Dieu aux êtres humains. Elle est créée à l'image de Dieu et donc elle lui appartient ; nous n'avons nul droit de la détruire.

Nous sentons bien nous-mêmes que ce que nous faisons n'est rien de plus qu'une goutte d'eau dans l'océan. Mais si cette goutte-là n'était pas dans l'océan, elle lui manquerait et l'océan en serait amoindri. Je n'aimerais pas que nous utilisions les grands moyens. Ce qui nous importe, c'est l'être personnel. Pour nous mettre à aimer quelqu'un il nous faut établir un étroit contact avec lui. Si nous attendons que la quantité y soit, celle-ci nous engloutira, et nous ne saurons plus jamais manifester l'amour et le respect à la personne elle-même. Je crois à ce qui se passe de personne à personne. Chaque personne est le Christ pour moi, et puisqu'il n'y a qu'un seul Jésus, cette personne même est en ce moment même la seule personne au monde.

Efforçons-nous sans relâche de faire devenir chaque Sœur, chaque Frère, chaque Coopérateur, toujours plus semblable au Christ, — pour permettre à celui-ci de vivre sa vie de compassion et d'humanité dans le monde d'aujourd'hui. Votre amour pour le Christ doit être grand. Gardez toujours brûlante dans votre cœur la lumière du Christ, — car lui seul est la voie où marcher. Il est la vie à vivre. Il est l'amour à aimer.

Nous courons toujours le risque de devenir simplement des travailleurs sociaux, ou de ne faire le travail que pour le travail. C'est un risque si nous oublions à qui nous faisons ce que nous faisons. Nos travaux ne sont qu'une expression de notre amour pour le Christ. Il faut que nos cœurs soient pleins d'amour pour lui et, puisque cet amour doit s'exprimer en acte, il est normal que les plus pauvres des pauvres nous permettent d'exprimer cet amour pour Dieu... Un Hindou disait que la différence entre les travailleurs sociaux était que les uns agissaient pour quelque chose, et que nous autres agissions pour Quelqu'un.

Cette expérience que nous vivons dans le service des pauvres, il nous faut la transmettre à ceux qui n'en ont pas vécu la beauté. C'est une des meilleures récompenses de notre tâche.

Quant à ceux qui pensent que Dieu leur demande de changer les structures de la société, c'est quelque chose qui est entre eux et leur Dieu. C'est dans la voie où nous sommes appelés que nous devons le servir. Pour moi, je suis appelée à secourir les personnes, à aimer chaque pauvre. Non à m'occuper des institutions. Je n'ai pas à juger.

Je n'ai pas besoin de publicité. Non, non, je n'en ai pas besoin. Il faut faire l'œuvre de Dieu à sa manière à lui ; et il a ses propres voies et moyens de faire connaître notre œuvre. Regardez ce qui est arrivé à travers le monde, voyez comme nos Sœurs ont été acceptées dans des endroits où personne n'avait jamais rien su d'elles, — et où bien d'autres gens trouvent difficile de vivre ou même de passer. Oui, je pense que c'est Dieu lui-même qui prouve que c'est son œuvre.

Soyez bons et miséricordieux. Que personne jamais ne vienne à vous sans qu'il s'en aille meilleur et plus heureux. Soyez l'expression vivante de la bonté de Dieu : bonté sur votre visage, bonté dans vos yeux, bonté dans votre sourire, bonté dans la chaleur de votre accueil. Dans les taudis nous sommes la lumière de la bonté de Dieu pour les pauvres. Aux enfants, aux pauvres, à tous ceux qui souffrent et qui sont solitaires, donnez toujours un sourire heureux. Ne leur donnez pas seulement vos soins, donnez-leur aussi votre cœur.

Qu'il y ait toujours sur nos lèvres un sourire pour tout enfant à qui nous offrons secours, pour toute personne à qui nous donnons présence ou remède. Ce serait une erreur grave que d'offrir seulement nos soins : il nous faut offrir à tous notre cœur.

Les administrations publiques font beaucoup de choses dans le domaine de l'assistance. Nous avons autre chose à offrir : l'amour du Christ.

Il faudrait moins de discours ; un point de morale n'est pas un point de rencontre. Alors que faire ? Prendre un balai et nettoyer la maison de quelqu'un. Cela dit assez.

Nous ne sommes tous que ses instruments, nous faisons notre petit quelque chose et nous disparaissons.

LA VIERGE MARIE

Marie est mère de Dieu, mère de Jésus et notre mère, mère de l'Eglise.

Elle est la mère du monde entier : quand l'ange lui annonça la nouvelle, — la bonne nouvelle —, qu'elle deviendrait la mère du Christ, c'est à ce moment même qu'en acceptant de devenir la servante du Seigneur elle accepta par là d'être aussi notre mère, au profit de l'humanité tout entière. Marie la mère est l'espérance de l'humanité.

Elle nous a donné Jésus. C'est en devenant joyeusement sa mère qu'elle est devenue médiatrice du salut de l'humanité.

Au pied de la croix elle est devenue aussi

notre mère, car Jésus près de mourir dit qu'il donnait sa mère à saint Jean et saint Jean à sa mère. Nous sommes alors devenus ses enfants.

C'est un des moments les plus beaux de la vie de Marie : Jésus étant entré dans sa vie, elle part aussitôt, en hâte, vers le village d'Elisabeth pour donner Jésus à celle-ci et à son fils. Nous lisons dans l'Evangile que l'enfant « bondit d'allégresse » à cette première rencontre avec le Christ.

Si Jésus a su écouter la Vierge Marie, lui aussi nous devons savoir l'écouter. Devant la croix nous la trouvons qui participe au Christ dans sa passion. Sans cesse la voici qui vient apporter, dans notre vie et dans la vie du monde, la joie et la paix, — et nous conduit à Dieu.

Je ne suis dans la main de Dieu qu'un minuscule outil. Le Seigneur Jésus et Marie ont totalement rendu gloire à Dieu le Père ; comme eux, mais petitement, très petitement, je désire rendre totalement gloire à Dieu le Père.

LA VIERGE MARIE

Demandons à la Vierge Marie de rendre nos cœurs « doux et humbles » comme l'était celui de son Fils. Il est si facile d'être orgueilleux, dur, égoïste, — oui, si facile ; mais nous avons été créés pour de plus grandes choses. Combien nous pouvons apprendre de Marie ! Elle n'était si humble que parce qu'elle était toute à Dieu. Elle était emplie de la grâce. Dites à la Vierge de dire à Jésus : « Ils n'ont pas de vin ; ils ont besoin du vin de l'humilité et de la douceur, de la bonté et de la gentillesse. » Elle nous répondra certainement : « Faites tout ce qu'il vous dira. »

RICHES

Il ne faut pas se satisfaire de donner de l'argent ; l'argent n'est pas assez, car il peut s'acquérir. C'est de nos mains que les pauvres ont besoin pour être servis, c'est de nos cœurs qu'ils ont besoin pour être aimés. La religion du Christ est l'amour, la contagion de l'amour.

Ceux qui peuvent s'offrir une vie aisée ont sans doute leurs raisons. Ils peuvent l'avoir gagnée par leur travail. Je ne suis en colère que devant le gaspillage. Devant ceux qui mettent aux ordures ce qui pourrait nous être utile.

La difficulté, c'est que bien souvent les riches, ou même les gens aisés, ne savent pas vraiment ce que sont les pauvres ; c'est pourquoi nous pouvons leur pardonner, car la connaissance ne peut que conduire à l'amour, et l'amour au service. C'est parce qu'ils ne les connaissent pas qu'ils ne sont pas émus par eux.

J'essaye de donner aux pauvres, par amour, ce que les riches pourraient obtenir par l'argent. Certes, je ne toucherais pas un lépreux pour un million ; mais je le soigne volontiers pour l'amour de Dieu.

GÉOGRAPHIE DE LA COMPASSION

Entre un pays et un autre la différence n'est jamais bien grande, car il y a toujours des gens que vous rencontrez partout ; ils peuvent paraître différents, être habillés d'une manière à eux, leur éducation ou leur situation peut être tout autre ; mais ils sont semblables : tous ont besoin d'être aimés, tous sont affamés d'amour.

Je me sens indienne jusqu'au plus profond de mon âme.

Le sari permet aux Sœurs de se sentir pauvres parmi les pauvres, de s'identifier elles-mêmes avec les malades, avec les enfants, avec les vieux et les indigents. Les Missionnaires de la Charité, par leur manière de se vêtir, partagent la manière de vivre des plus pauvres du monde. Certes, l'Inde a besoin, pour son développement, de techniciens, de spécialistes, d'économistes, de médecins, d'infirmières. Elle a besoin de plans, elle a besoin d'une coordination générale de l'action. Mais combien de temps faudra-t-il pour voir les résultats de ces plans ? Nous ne le savons pas. En attendant, les gens doivent vivre, les gens doivent recevoir de quoi manger, ils doivent être soignés et vêtus. Notre champ d'action est l'Inde d'aujourd'hui. Tant que persistent ces besoins, notre tâche doit se poursuivre.

Un jour, dans les rues de Calcutta, nous avons recueilli un jeune homme, qui avait été la victime de compagnons douteux et à qui on avait volé ses papiers. Auparavant il avait reçu une éducation soignée et il avait plusieurs titres universitaires. Au bout de quelque temps je lui demandai pourquoi il avait abandonné ses parents. Il me répondit que son père le considérait comme indésirable : « Jamais, depuis mon enfance, il ne m'a regardé en face. Il était devenu jaloux de moi, et c'est pourquoi j'ai quitté la maison. » Les Sœurs prièrent beaucoup puis elles l'aidèrent à rentrer chez lui, et à pardonner à son père, ce qui leur fut bon à tous deux. Voilà un cas de très grande pauvreté.

Dernièrement j'ai appris qu'il y avait une famille où l'on n'avait rien mangé depuis quelques jours ; c'était une famille hindoue. J'allai voir la famille en apportant un peu de riz. Je l'avais à peine remis que la mère de famille partageait le tas en deux et allait en déposer une moitié chez les voisins, qui se trouvaient être des musulmans. Je lui dis : « Qu'est-ce qu'il va vous rester à partager, vous tous ? Vous êtes dix pour ce petit tas de riz ! » La mère répondit : « Mais eux n'avaient pas à manger non plus. » C'est cela, la grandeur.

A Calcutta, nos Sœurs et Frères travaillent pour les plus pauvres des pauvres, les indésirables, les non-aimés, les malades et les mourants, les lépreux et les petits enfants, mais je peux vous dire qu'au long de ces vingt-trois années je n'ai jamais entendu un seul pauvre grogner, injurier, se plaindre. Je me rappelle quelqu'un que j'avais ramassé dans la rue et qui était littéralement dévoré de vers ; il m'a dit : « J'ai vécu comme une bête dans la rue, mais je vais mourir comme un ange, on m'aime et on me soigne. » Et en effet il est mort comme un ange — une mort très belle.

Une jeune fille est arrivée d'un pays étranger pour faire partie des Missionnaires de la Charité. Une de nos règles veut qu'un nouveau venu se rende au Foyer des mourants dès le lendemain de son arrivée. Aussi dis-je à la jeune fille : « Vous avez vu le prêtre pendant la messe, — avec quel amour, avec quel soin il touchait le corps de Jésus dans l'hostie. Faites de même quand vous serez au Foyer des mourants, parce que c'est le même Jésus que vous trouverez là dans les corps abîmés de nos pauvres. » Les Sœurs partirent. Trois heures après, la nouvelle venue fut de retour et me dit avec un grand sourire, — je n'ai jamais vu un sourire pareil : « Mère, je touche le corps du Christ depuis trois heures. » Je lui dis : « Comment cela ? Qu'avez-vous fait ? » Elle répondit : « Quand je suis arrivée au Foyer, on apportait un homme qui était tombé dans un égout et qu'on n'en avait tiré qu'après un certain temps. Il était couvert de blessures, d'ordures et de vers, et je l'ai nettoyé et je savais que j'étais en train de toucher le corps du Christ. »

Des gens sont venus à Calcutta et avant de repartir ils m'ont demandé : « Dites-nous quelque chose qui nous aidera à vivre mieux. » Je leur ai dit : « Souriez à chacun ; souriez à votre épouse, souriez à votre mari, souriez à vos enfants, souriez à chacun — quel qu'il soit —, voilà qui vous aidera à croître dans l'amour mutuel. » L'un d'eux m'a alors demandé : « Etes-vous mariée ? » et j'ai répondu : « Oui, et je trouve parfois difficile de sourire à Jésus. » C'est vrai, Jésus peut aussi être très exigeant, et c'est en ces moments où il est très exigeant qu'il cst vraiment magnifique de lui donner un grand sourire.

Au cours de mes visites à nos maisons à travers l'Inde, le temps que j'ai passé avec Jésus dans le train a été merveilleux.

Grande est la souffrance dans les camps de réfugiés. Cela ressemble à un immense Calvaire, où le Christ est une fois encore crucifié. Les secours sont indispensables, mais si le pardon manque, la paix manquera aussi, — ce qui est aussi vrai en Irlande du Nord et au Vietnam.

Nous avons à Melbourne un foyer pour alcooliques sans famille. Un de nos hôtes fut gravement blessé par un autre. Je pensai qu'il fallait prévenir la police, et un agent vint interroger notre blessé ; il lui demanda : « Qui vous a fait cela ? » L'homme répondit par une série de mensonges ; il ne voulait pas dire le vrai, ni donner aucun nom. L'agent s'en retourna sans rien pouvoir faire. Nous demandâmes à l'homme : « Pourquoi n'avez-vous pas dit qui vous a fait cela ? » Il me regarda et me répondit : « Sa souffrance ne diminuerait pas la mienne. » Il avait caché le nom de son frère pour le sauver de la souffrance. Comme il est beau et grand, l'amour que vivent ces gens ; c'est un incessant miracle d'amour qui se répand parmi les pauvres.

Il y a quelques mois, à Melbourne, nous avons recueilli dans la rue un homme qui avait été assommé de coups. Il était alcoolique depuis des années, et les Sœurs le transportèrent à leur Foyer de Compassion. La manière dont elles le pansèrent et prirent soin de lui fut pour lui une soudaine révélation : « Dieu m'aime ! » Il quitta le Foyer, revint à sa famille, à ses enfants, à son travail, et ne prit plus jamais une goutte d'alcool. Dès qu'il reçut son premier salaire, il vint voir les Sœurs et le leur remit, en disant : « Je vous demande d'être pour les autres l'amour de Dieu, comme vous l'avez été pour moi. »

A Melbourne j'allais voir un vieil homme dont, semblait-il, personne ne connaissait même l'existence. Sa chambre était dans un état horrible. Je désirais la nettoyer, mais il ne cessait de me dire : « Je suis très bien comme cela. » Je ne répondais pas, et à la fin il me permit de faire ce nettoyage.

Il y avait dans cette chambre une très belle lampe recouverte d'années de poussière. Je lui demandai : « Pourquoi n'allumez-vous pas cette lampe ? » « Pour qui ? me dit-il. Personne ne vient chez moi. Je n'ai pas besoin de cette lampe. » Je lui demandai alors : « Allumerez-vous la lampe si une Sœur vient vous voir ? » Il répondit : « Oui, si j'entends une voix humaine, je l'allumerai. » Et dernièrement il m'a envoyé un mot : « Dites à mon amie que la lumière qu'elle a allumée dans ma vie brille toujours. »

A New York, les Sœurs font de petites choses, elles assistent les enfants, visitent les isolés, les malades, les indésirables. Nous savons maintenant que le plus cruel des maux est d'être indésirable. C'est cette pauvreté-là que nous trouvons ici autour de nous. Dans l'une des maisons où allaient les Sœurs, on découvrit plusieurs jours après sa mort une femme qui avait vécu seule, et c'est l'odeur de décomposition qui alerta les voisins. Ceux-ci ignoraient son nom. Quand quelqu'un m'a dit que les Sœurs n'avaient entrepris aucune grande œuvre et qu'elles faisaient tranquillement de petites choses, j'ai répondu que même si elles n'aidaient qu'une seule personne, c'était tout à fait bien ; Jésus serait mort pour une seule personne, pour un seul pécheur.

A Addis-Abeba, le ministre de la cour impériale a posé quelques questions soupçonneuses :

— Qu'attendez-vous du gouvernement ?

— Rien. Je suis venue seulement pour proposer que mes Sœurs travaillent auprès des pauvres souffrants.

— Que feront vos Sœurs ?

— Nous servons sans contrepartie et de tout cœur les plus pauvres des pauvres.

— Quelles sont leurs compétences ?

— Nous essayons d'apporter amour, tendresse et compassion aux indésirables et aux mal-aimés.

— Prêchez-vous aux gens ? Essayez-vous de les convertir ?

— Nos œuvres d'amour révèlent aux pauvres souffrants l'amour de Dieu pour eux.

La société anglaise est une société de bien-être, mais j'ai marché le soir dans vos rues et pénétré dans vos maisons et j'ai trouvé des mourants privés de tout amour. Il y a ici parmi vous une autre sorte de pauvreté, — une pauvreté de l'âme, pauvreté de solitude et d'inutilité. C'est la pire maladie du monde aujourd'hui, pire que la tuberculose ou la lèpre. Il est, je crois, de plus en plus nécessaire à l'Angleterre que les gens sachent qui sont les pauvres. Les gens devraient ici donner leur cœur à l'amour des pauvres, et leurs mains au service de ceux-ci. Et ils ne le pourront pas tant qu'ils ne les connaîtront pas ; alors la connaissance les mènera à l'amour, et l'amour au service.

Ici même en Angleterre et dans bien d'autres lieux, à Calcutta, Melbourne ou New York, bien des isolés ne sont identifiables que par le numéro de leur logis ou de leur chambre. Pourquoi ne sommes-nous pas là ? C'est derrière la porte à côté, peut-être, qu'ils se trouvent, — ne le savons-nous pas ? C'est un aveugle qui serait heureux que vous lui lisiez le journal, ou peut-être quelqu'un de riche qui n'a personne qui vienne le voir : il a tout le reste, il y est enfoui, mais il n'a pas de contact, et c'est votre contact dont il a besoin.

Il y a quelque temps un homme très riche est venu à notre résidence et il m'a dit : « Je vous en prie, vous ou quelque autre, venez chez moi. Je suis à demi-aveugle et ma femme est au bord de la maladie mentale ; nos enfants sont tous partis à l'étranger, et nous mourons de solitude ; nous avons un tel désir d'entendre le son affectueux d'une voix humaine ! »

Nous ne devons pas nous satisfaire de donner de l'argent. Ce n'est pas assez que l'argent, car l'argent se gagne ; ce dont les gens ont besoin, c'est de vos cœurs pour les aimer. Alors, répandez l'amour partout où vous allez ; et d'abord, dans votre propre maison. Donnez de l'amour à vos enfants, à votre époux ou épouse, au voisin de la porte à côté.

Vous me demandez ce que serait selon moi la tâche des Missionnaires de la Charité si j'étais une religieuse ou un prêtre du Surrey ou du Sussex. Eh bien, la tâche de l'Eglise dans ces régions est beaucoup plus difficile que celle que nous avons devant nous à Calcutta, au Yémen et ailleurs, où les gens ont besoin d'un pansement pour leurs plaies, et d'un bol de riz, et d'une étreinte affectueuse, — avec la présence de quelqu'un qui leur fasse comprendre qu'ils sont aimés et nécessaires. Dans le Surrey ou le Sussex les gens ont des problèmes au fond d'eux-mêmes, au plus profond de leur cœur. Il faut qu'ils arrivent à vous connaître, à avoir confiance en vous, à vous voir cemme une personne qui témoigne de l'amour et de la compassion du Christ, avant que leurs problèmes puissent émerger et que vous puissiez les aider. Cela prend beaucoup de temps. Du temps pour que vous soyez des gens de prière, et du temps pour que vous donniez de vous-même à chacune de ces personnes.

VOLONTÉ DE DIEU

« Tu aimeras le Seigneur ton Dieu de tout ton cœur, de toute ton âme, et de tout ton esprit. » Tel est le commandement du grand Dieu et il ne peut pas commander l'impossible. L'amour est un fruit de toute saison et toujours à portée de main. Chacun peut le cueillir ; nulle limite à son désir. La méditation et l'esprit de prière, le sacrifice et l'intensité de la vie intérieure sont pour chacun le moyen d'atteindre cet amour.

S'il n'y a nulle limite, c'est que Dieu est amour et que l'amour est Dieu. Ce qui vous lie à Dieu est vraiment une relation d'amour. Et puis l'amour de Dieu est infini. Y avoir part c'est aimer et donner jusqu'à en avoir mal. Voilà pourquoi il ne s'agit pas tant de ce que vous faites que de l'amour que vous y mettez, — de l'amour que nous mettons dans nos présents. Voilà aussi pourquoi les gens qui ne savent ni donner ni recevoir l'amour sont, quelles que soient leurs richesses, les plus pauvres des pauvres. Je crois que c'est ce que nos Sœurs ont reçu : cette communication de la joie, que l'on perçoit chez beaucoup de religieux qui sans réserve se sont donnés à Dieu.

Notre œuvre n'est que l'expression de notre amour pour Dieu. Cet amour a besoin de quelqu'un pour le recevoir, et c'est ainsi que les gens nous donnent le moyen de l'exprimer.

Nous avons besoin de trouver Dieu, et ce n'est ni dans l'agitation ni dans le bruit que nous le pourrons. Dieu est l'ami du silence. Dans quel silence croissent les arbres, les fleurs et l'herbe ! Dans quel silence se meuvent les étoiles, la lune et le soleil ! N'est-ce pas notre mission de donner Dieu aux pauvres des taudis ? Non pas un Dieu mort, mais un Dieu vivant et aimant. Plus nous recevons dans la prière silencieuse, plus nous pouvons donner dans notre vie active. Nous avons besoin de silence pour être capables de toucher les âmes. L'essentiel n'est pas ce que nous disons, mais ce que Dieu nous dit et dit à travers nous. Toutes nos paroles seront vaines tant qu'elles ne viendront pas du plus intime, — les paroles qui ne transmettent pas la lumière du Christ accroissent les ténèbres.

Notre progrès dans la sainteté dépend de Dieu et de nous-mêmes, — de la grâce de Dieu et de notre volonté d'être saints. Il nous faut prendre l'engagement vital d'atteindre la sainteté. « Je veux être un saint » signifie : Je veux me détacher de tout ce qui n'est pas Dieu, je veux dépouiller mon cœur de toutes choses créées, je veux vivre dans la pauvreté et dans le détachement, je veux renoncer à ma volonté, à mes penchants, à mes caprices et à mes goûts, et me faire l'esclave docile de la volonté de Dieu.

AIMEZ PRIER

Rends-nous dignes, Seigneur, de servir nos compagnons qui à travers le monde vivent et meurent dans la misère et dans la faim. Donne-leur par nos mains aujourd'hui leur pain quotidien, et par notre amour compréhensif donne-leur paix et joie.

O Seigneur, fais-moi porteur de ta paix.
Que je puisse, où la haine se trouve, apporter de l'amour,
Et à tout mal l'esprit de pardon ;
Où la discorde règne, apporter l'harmonie
Au doute et à l'erreur, apporter foi et vérité,
Au désespoir l'espérance, aux ombres la lumière ;
Que je puisse, à toute tristesse, apporter de la joie.

Fais-moi, Seigneur, chercher à donner réconfort plutôt qu'à le recevoir,
A comprendre plutôt qu'à être compris,
A aimer plutôt qu'à être aimé.
Car c'est en s'oubliant qu'on trouve,
En pardonnant qu'on est pardonné,
C'est en mourant qu'on s'éveille à la vie éternelle.

Seigneur très aimé, puissé-je te voir aujourd'hui et chaque jour dans la personne de tes malades et, les soignant, te servir. Si tu te caches sous la déplaisante figure du coléreux, du mécontent, de l'arrogant, puissé-je encore te reconnaître et dire : « Jésus, mon patient, comme il est doux de te servir. »

Seigneur, donne-moi cette foi clairvoyante, et jamais alors ma tâche ne sera monotone, toujours la joie jaillira de me prêter aux caprices et de répondre aux désirs de tous les pauvres souffrants.

Malade bien-aimé, tu m'es doublement cher, puisque tu représentes le Christ. Quelle chance est la mienne de pouvoir te soigner !

Très doux Seigneur, fais-moi comprendre

la grandeur de ma vocation et des responsabilités qu'elle comporte. Ne me laisse pas y être infidèle par abandon à la froideur, à la sécheresse ou à l'impatience.

O Dieu, puisque tu es Jésus mon patient, daigne aussi être pour moi un Jésus de patience, indulgent à mes fautes et tenant compte de l'intention, car elle est de t'aimer et de te servir dans la personne de chacun de tes malades. Seigneur, augmente ma foi, bénis mes efforts et ma tâche, maintenant et à jamais.

Seigneur, que ta crucifixion et ta résurrection nous apprennent à affronter les luttes de la vie quotidienne et à y traverser l'angoisse de la mort, afin que nous vivions dans une plus grande et plus créatrice plénitude. Tu as humblement et patiemment accepté les échecs de la vie humaine comme les souffrances de ta crucifixion. Les peines et les luttes que nous apporte chaque journée, aide-nous à les accepter comme des occasions de croître et de te mieux ressembler. Rends-nous capables de les affronter patiemment et bravement, avec une pleine confiance dans ton soutien. Fais-nous comprendre que nous n'aborderons à la plénitude de la vie que par une mort incessante à nous-mêmes et à nos désirs égoïstes, car c'est seulement en mourant avec toi que nous pouvons ressusciter avec toi.

Il n'est pas possible de s'engager dans l'apostolat direct si l'on n'est pas une âme de prière. Soyons conscients d'être un avec le Christ, comme il était conscient d'être un avec son Père ; notre activité n'est véritablement apostolique que dans la mesure où nous le laissons travailler en nous et à travers nous avec sa puissance, son désir et son amour. Nous devons parvenir à la sainteté, non pas pour nous sentir en état de sainteté, mais pour que le Christ puisse pleinement vivre en nous. Le don total de nous-mêmes à l'amour, à la foi, à la pureté, est lié au service des pauvres. C'est quand nous aurons appris à chercher Dieu et sa volonté que nos rapports avec les pauvres deviendront un chemin de sanctification pour nous et pour autrui.

Aimez prier, — au cours de la journée éprouvez souvent le besoin de prier et prenez la peine de prier. La prière dilate le cœur jusqu'à la capacité de ce don que Dieu nous fait de soi-même. Demandez et cherchez, et votre cœur s'agrandira jusqu'à pouvoir l'accueillir et le garder à vous.

Devenons un rameau véritable de la vigne Jésus, un rameau qui porte fruit. Pour cela, acceptons Jésus dans notre vie comme il lui plaît d'y venir,
comme Vérité, pour être dite,
comme Vie, pour être vécue,
comme Lumière, pour être allumée,
comme Amour, pour être aimé,
comme Chemin, pour être suivi,
comme Joie, pour être donnée,
comme Paix, pour être répandue,
comme Sacrifice, pour être offert,
parmi nos parents, nos proches et nos voisins.

Dans la communion nous avons le Christ sous les espèces du pain. Dans notre tâche nous le trouvons sous les espèces de la chair et du sang. C'est le même Christ.

L'Eucharistie est l'aliment spirituel qui me nourrit, et sans lequel je ne pourrais tenir ni un jour ni une heure de mon existence. Dans l'Eucharistie nous recevons Jésus sous les espèces du pain, tandis que dans les taudis ce sont les corps défaits et les enfants abandonnés qui nous donnent à voir et à toucher le Christ.

JOIE

La joie est prière. La joie est force. La joie est amour. Elle est comme un filet d'amour qui prend les âmes. Dieu aime le donateur joyeux. Qui donne joyeusement donne le plus. Il n'y a pas meilleure façon de manifester notre gratitude à Dieu et aux hommes que d'accepter tout avec joie. Un cœur brûlant d'amour est nécessairement un cœur joyeux. Ne laissez jamais la tristesse vous envahir au point de vous faire oublier la joie du Christ ressuscité.

Nous éprouvons tous l'ardent désir du Ciel où se trouve Dieu, or il est en notre pouvoir à tous d'être dès maintenant au Ciel avec lui — d'être heureux avec lui en cet instant même. Mais ce bonheur immédiat avec lui veut dire :

aimer comme il aime,
aider comme il aide,
donner comme il donne,
servir comme il sert,
secourir comme il secourt,
demeurer avec lui toutes les heures du jour,
et toucher son être même sous sa figure d'affliction.

TABLE

IMPRESSION : BRODARD ET TAUPIN À LA FLÈCHE
DÉPÔT LÉGAL : OCTOBRE 1997. N° 32611 (6701S-5)

Livre de vie

1. *Vie de Jésus*, par François Mauriac (de l'Académie française)
3. *La Nuit privée d'étoiles*, par Thomas Merton
4. *La Harpe de saint François*, par Félix Timmermans
5. *En mission prolétarienne*, par Jacques Loew
8. *Manuscrits autobiographiques*
   par sainte Thérèse de l'Enfant Jésus
9. *La Messe, approches du Mystère*, par Aimon-Marie Roguet
10. *Bernadette*, par Marcelle Auclair
11. *Problèmes de l'unité chrétienne*, par Roger Aubert
12. *L'Imitation de Jésus-Christ*
14. *Initiation à la prière*, par Romano Guardini
15. *Le Chemin de la perfection*, par sainte Thérèse d'Avila
22. *Introduction à la vie dévote*, par saint François de Sales
23. *Aspects de l'Église*, par Yves de Montcheuil
28. *Les Sacrements*, par Aimon-Marie Roguet
30. *La Bible et l'Évangile*, par Louis Bouyer
31. *Fioretti*. Suivi de : *Considérations sur les stigmates*
    par saint François d'Assise
32. *Essor ou Déclin de l'Église*, par Emmanuel Suhard (cardinal)
34. *Vie de Charles de Foucauld*, par Jean-François Six
35. *Correspondance* (P. Claudel, J. Rivière 1907-1914)
    par Paul Claudel et Jacques Rivière
36. *Dieu et Nous*, par Jean Daniélou (de l'Académie française)
39. *Celui qui cherchait le soleil*, par Henri Queffélec
42. *Journal d'une mission ouvrière*, par Jacques Loew
44. *Le Nouveau Testament*, par Émile Osty et Joseph Trinquet
45. *Sur la terre comme au ciel*, Théâtre, par Fritz Hochwalder
47. *La Lecture chrétienne de la Bible*, par Célestin Charlier
48. *Annonce de Jésus-Christ*, par Jean-Claude Barreau
50. *Vie du père Lebbe*, par Jacques Leclercq
52. *Initiation chrétienne*, par Louis Bouyer
53. *Pour une théologie du travail*
    par Marie-Dominique Chenu
57. *Pauvre et Saint Curé d'Ars*, par Daniel Pezeril
58. *La Prière du Seigneur*, par Romano Guardini
62. *Hymne de l'Univers*, par Pierre Teilhard de Chardin
63. *Récits d'un pèlerin russe*
65. *Éléments de doctrine chrétienne*, t. 1, par François Varillon

66. *Éléments de doctrine chrétienne*, t. 2, par François Varillon
68. *Pour une politique évangélique*, par Jean-Marie Paupert
70. *Lettres et Carnets*, par Charles de Foucauld
73. *Récits du temps de Pâques*, par Henri Queffélec
74. *Action, marche vers Dieu*, par Louis-Joseph Lebret
77. *Vie de sainte Thérèse d'Avila*, par Marcelle Auclair
82. *Je reste un barbare*, par Roger Boutefeu
86. *Les Paraboles de Jésus*, par Joachim Jérémias
88. *L'Engagement de la foi*, par Emmanuel Mounier
89. *Car ils seront consolés*, par Jeanne Ancelet-Hustache
92. *Histoire de Jésus*, par Arthur Nisin
93. *Évangéliaire*, Poésie, par Pierre Emmanuel
94. *Jésus de Nazareth le charpentier*, par Paul Gauthier
95. *Les Pères grecs*, par Hans von Campenhausen
96. *Les Pères latins*, par Hans von Campenhausen
97. *La Troisième Révolution. Psychanalyse et religion* par Karl Stern
98. *L'Image de Jésus-Christ dans le Nouveau Testament* par Romano Guardini
99. *Petit Dictionnaire de théologie catholique* par Karl Rahner et Herbert Vorgrimler
100. *Une morale pour notre temps*, par Marc Oraison
101. *La Foi d'un païen*, par Jean-Claude Barreau
103. *Révolution dans la paix*, par Helder Camara
104. *Carnet de route*, par Jean Ploussard
105. *Les Chiffonniers d'Emmaüs*, par Boris Simon
107. *Nous autres, gens des rues* (textes missionnaires présentés par Jacques Loew) par Madeleine Delbrêl
108. *Comment se pose aujourd'hui le problème de l'existence de Dieu*, par Claude Tresmontant
111. *Je crois en Jésus-Christ aujourd'hui*, par André Manaranche
112. *Histoire de la mystique*, par Hilda Graef
113. *Le Milieu divin. Essai de vie intérieure* par Pierre Teilhard de Chardin
114. *La Montée du Carmel*, par saint Jean de la Croix
115. *Le Mystère humain de la sexualité*, par Marc Oraison
116. *Initiation à l'Évangile*, par Aimon-Marie Roguet
117. *L'Essentiel de la foi*, par Max Thurian
118. *Morale de l'Évangile*, par Charles-Harold Dodd
119. *Jésus*, par Jean-François Six

120. *Lettre à un religieux*, par Simone Weil
121. *Les Manuscrits de la mer Morte*
par Jean Daniélou (de l'Académie française)
122. *La Prière de Jésus*, par un moine de l'Église d'Orient
123. *Jeanne d'Arc par elle-même et par ses témoins*
par Régine Pernoud
124. *Vie de Thérèse de Lisieux*, par Jean-François Six
125. *La Prédication apostolique et ses développements*
par Charles-Harold Dodd
126. *Mère Teresa de Calcutta*, par Malcolm Muggeridge
127. *Dynamique du provisoire*, par Roger (frère de Taizé)
128. *Le désert est fertile*, par Helder Camara
129. *Attente de Dieu*, par Simone Weil
130. *Amour et Silence*, par un Chartreux
131. *Dictionnaire du Nouveau Testament*
par Xavier Léon-Dufour
132. *La Joie du don*, par Mère Teresa de Calcutta
(prix Nobel de la paix)
133. *Alcide. Guide simple pour simples chrétiens*
par Madeleine Delbrêl
134. *L'Espérance qui est en nous*, par Dimitri Doudko
135. *L'Enseignement de Ieschoua de Nazareth*
par Claude Tresmontant
136. *Jésus, simples regards sur le Sauveur*
par un moine de l'Église d'Orient
137. *Le Fondateur du christianisme*, par Charles-Harold Dodd
138. *Votre très humble serviteur Vincent de Paul*
par André Frossard
139. *La Joie par l'Évangile*, par Marcelle Auclair
140. *Laissez-vous saisir par le Christ*, par Albert Peyriguère
141. *La Joie de croire*, par Madeleine Delbrêl
142. *Sur la souffrance*, par Pierre Teilhard de Chardin
143. *L'École de la prière*, par Antoine Bloom
144. *Douze Sermons sur le Christ*
par John Henry Newman
145. *Présence à Dieu et à soi-même*
par François de Sainte-Marie
146. *Traité de l'amour de Dieu. Livres I à VI*
par Saint François de Sales
147. *Traité de l'amour de Dieu. Livres VII à XII*
par Saint François de Sales

148. *Les Femmes de l'Évangile*, par France Quéré
149. *La Messe*, par le cardinal Jean-Marie Lustiger
150. *Écrits spirituels*, par Élisabeth de la Trinité
151. *Traité de la vraie dévotion à la Sainte Vierge* par saint Louis-Marie Grignon de Montfort
152. *Élisabeth de la Trinité* par Hans Urs von Balthasar
153. *L'Expérience de l'amour fou de Dieu* par Laurent de la Résurrection
154. *L'Amour fou de Dieu*, par Paul Evdokimov
155. *Épithalame ou chant d'amour de Jean de Saint-Samson* par Jean Perrin
156. *Semences de contemplation*, par Thomas Merton

Collection Points

DERNIERS TITRES PARUS

P50. La Décennie Mitterrand
1. Les ruptures
par Pierre Favier et Michel Martin-Roland
P51. La Décennie Mitterrand
2. Les épreuves
par Pierre Favier et Michel Martin-Roland
P52. Dar Baroud, *par Louis Gardel*
P53. Vu de l'extérieur, *par Katherine Pancol*
P54. Les Rêves des autres, *par John Irving*
P55. Les Habits neufs de Margaret
par Alice Thomas Ellis
P56. Les Confessions de Victoria Plum, *par Anne Fine*
P57. Histoires de faire de beaux rêves, *par Kaye Gibbons*
P58. C'est la curiosité qui tue les chats, *par Lesley Glaister*
P59. Une vie bouleversée, *par Etty Hillesum*
P60. L'Air de la guerre, *par Jean Hatzfeld*
P61. Piaf, *par Pierre Duclos et Georges Martin*
P62. Lettres ouvertes, *par Jean Guitton*
P63. Trois Kilos de café, *par Manu Dibango*
en collaboration avec Danielle Rouard
P64. L'Ange aveugle, *par Tahar Ben Jelloun*
P65. La Lézarde, *par Édouard Glissant*
P66. L'Inquisiteur, *par Henri Gougaud*
P67. L'Étrusque, *par Mika Waltari*
P68. Leurs mains sont bleues, *par Paul Bowles*
P69. Contes d'amour, de folie et de mort, *par Horacio Quiroga*
P70. Le vieux qui lisait des romans d'amour, *par Luis Sepúlveda*
P71. Rumeurs, *par Jean-Noël Kapferer*
P72. Julia et Moi, *par Anita Brookner*
P73. Déportée à Ravensbruck
par Margaret Buber-Neumann
P74. Meurtre dans la cathédrale, *par T.S.Eliot*
P75. Chien de printemps, *par Patrick Modiano*
P76. Pour la plus grande gloire de Dieu, *par Morgan Sportès*
P77. La Dogaresse, *par Henri Sacchi*

P78. La Bible du hibou, *par Henri Gougaud*
P79. Les Ivresses de Madame Monro, *par Alice Thomas Ellis*
P80. Hello, Plum !, *par Pelham Grenville Wodehouse*
P81. Le Maître de Frazé, *par Herbert Lieberman*
P82. Dans la peau d'un intouchable, *par Marc Boulet*
P83. Entre le ciel et la terre, *par Le Ly Hayslip*
(avec la collaboration de Charles Jay Wurts)
P84. Sur la route des croisades, *par Jean-Claude Guillebaud*
P85. L'Homme sans postérité, *par Adalbert Stifter*
P86. Le Nez de Mazarin, *par Anny Duperey*
P87. L'Alliance, tome 1, *par James A.Michener*
P88. L'Alliance, tome 2, *par James A.Michener*
P89. Regardez-moi, *par Anita Brookner*
P90. Si par une nuit d'hiver un voyageur, *par Italo Calvino*
P91. Les Grands Cimetières sous la lune, *par Georges Bernanos*
P92. Salut Galarneau !, *par Jacques Godbout*
P93. La Barbare, *par Katherine Pancol*
P94. American Psycho, *par Bret Easton Ellis*
P95. Vingt Ans et des poussières, *par Didier van Cauwelaert*
P96. Un week-end dans le Michigan, *par Richard Ford*
P97. Jules et Jim, *par François Truffaut*
P98. L'Hôtel New Hampshire, *par John Irving*
P99. Liberté pour les ours !, *par John Irving*
P100. Heureux Habitants de l'Aveyron et des autres
départements français, *par Philippe Meyer*
P101. Les Égarements de Lili, *par Alice Thomas Ellis*
P102. Esquives, *par Anita Brookner*
P103. Cadavres incompatibles, *par Paul Levine*
P104. La Rose de fer, *par Brigitte Aubert*
P105. La Balade entre les tombes, *par Lawrence Block*
P106. La Villa des ombres, *par David Laing Dawson*
P107. La Traque, *par Herbert Lieberman*
P108. Meurtres à cinq mains, *par Jack Hitt*
avec Lawrence Block, Sarah Caudwell,
Tony Hillerman, Peter Lovesey, Donald E. Westlake
P109. Hygiène de l'assassin, *par Amélie Nothomb*
P110. L'Amant sans domicile fixe
par Carlo Fruttero et Franco Lucentini
P111. La Femme du dimanche
par Carlo Fruttero et Franco Lucentini

P112. L'Affaire D., *par Charles Dickens, Carlo Fruttero et Franco Lucentini*
P113. La Nuit sacrée, *par Tahar Ben Jelloun*
P114. Sky my wife ! Ciel ma femme !, *par Jean-Loup Chiflet*
P115. Liaisons étrangères, *par Alison Lurie*
P116. L'Homme rompu, *par Tahar Ben Jelloun*
P117. Le Tarbouche, *par Robert Solé*
P118. Tous les matins je me lève, *par Jean-Paul Dubois*
P119. La Côte sauvage, *par Jean-René Huguenin*
P120. Dans le huis clos des salles de bains, *par Philippe Meyer*
P121. Un mariage poids moyen, *par John Irving*
P122. L'Épopée du buveur d'eau, *par John Irving*
P123. L'Œuvre de Dieu, la Part du Diable, *par John Irving*
P124. Une prière pour Owen, *par John Irving*
P125. Un homme regarde une femme, *par Paul Fournel*
P126. Le Troisième Mensonge, *par Agota Kristof*
P127. Absinthe, *par Christophe Bataille*
P128. Le Quinconce, vol.1, *par Charles Palliser*
P129. Le Quinconce, vol.2, *par Charles Palliser*
P130. Comme ton père, *par Guillaume Le Touze*
P131. Naissance d'une passion, *par Michel Braudeau*
P132. Mon ami Pierrot, *par Michel Braudeau*
P133. La Rivière du sixième jour (Et au milieu coule une rivière) *par Norman Maclean*
P134. Mémoires de Melle, *par Michel Chaillou*
P135. Le Testament d'un poète juif assassiné, *par Elie Wiesel*
P136. Jésuites, 1. Les conquérants *par Jean Lacouture*
P137. Jésuites, 2. Les revenants *par Jean Lacouture*
P138. Soufrières, *par Daniel Maximin*
P139. Les Vacances du fantôme, *par Didier van Cauwelaert*
P140. Absolu, *par l'abbé Pierre et Albert Jacquard*
P141. En attendant la guerre, *par Claude Delarue*
P142. Trésors sanglants, *par Paul Levine*
P143. Le Livre, *par Les Nuls*
P144. Malicorne, *par Hubert Reeves*
P145. Le Boucher, *par Alina Reyes*
P146. Le Voile noir, *par Anny Duperey*
P147. Je vous écris, *par Anny Duperey*

P148. Tierra del fuego, *par Francisco Coloane*
P149. Trente Ans et des poussières, *par Jay McInerney*
P150. Jernigan, *par David Gates*
P151. Lust, *par Elfriede Jelinek*
P152. Voir ci-dessous : Amour, *par David Grossman*
P153. L'Anniversaire, *par Juan José Saer*
P154. Le Maître d'escrime, *par Arturo Pérez-Reverte*
P155. Pas de sang dans la clairière, *par L.R. Wright*
P156. Une si belle image, *par Katherine Pancol*
P157. L'Affaire Ben Barka, *par Bernard Violet*
P158. L'Orange amère, *par Didier Van Cauwelaert*
P159. Une histoire américaine, *par Jacques Godbout*
P160. Jour de silence à Tanger, *par Tahar Ben Jelloun*
P161. La Réclusion solitaire, *par Tahar Ben Jelloun*
P162. Fleurs de ruine, *par Patrick Modiano*
P163. La Mère du printemps (L'Oum-er-Bia)
par Driss Chraïbi
P164. Portrait de groupe avec dame, *par Heinrich Böll*
P165. Nécropolis, *par Herbert Lieberman*
P166. Les Soleils des indépendances, *par Ahmadou Kourouma*
P167. La Bête dans la jungle, *par Henry James*
P168. Journal d'une Parisienne, *par Françoise Giroud*
P169. Ils partiront dans l'ivresse, *par Lucie Aubrac*
P170. Le Divin Enfant, *par Pascal Bruckner*
P171. Les Vigiles, *par Tahar Djaout*
P172. Philippe et les Autres, *par Cees Nooteboom*
P173. Far Tortuga, *par Peter Matthiessen*
P174. Le Dieu manchot, *par José Saramago*
P175. Molière ou la Vie de Jean-Baptiste Poquelin
par Alfred Simon
P176. Saison violente, *par Emmanuel Roblès*
P177. Lunes de fiel, *par Pascal Bruckner*
P178. Le Voyage à Paimpol, *par Dorothée Letessier*
P179. L'Aube, *par Elie Wiesel*
P180. Le Fils du pauvre, *par Mouloud Feraoun*
P181. Red Fox, *par Anthony Hyde*
P182. Enquête sous la neige, *par Michael Malone*
P183. Cœur de lièvre, *par John Updike*
P184. La Joyeuse Bande d'Atzavara
par Manuel Vázquez Montalbán

P185. Le Petit Monde de Don Camillo
par Giovanni Guareschi
P186. Le Temps des Italiens, *par François Maspero*
P187. Petite, *par Geneviève Brisac*
P188. La vie me fait peur, *par Jean-Paul Dubois*
P189. Quelques Minutes de bonheur absolu
par Agnès Desarthe
P190. La Lyre d'Orphée, *par Robertson Davies*
P191. Pourquoi lire les classiques, *par Italo Calvino*
P192. Franz Kafka ou le Cauchemar de la raison, *par Ernst Pawel*
P193. Nos médecins, *par Hervé Hamon*
P194. La Déroute des sexes, *par Denise Bombardier*
P195. Les Flamboyants, *par Patrick Grainville*
P196. La Crypte des capucins, *par Joseph Roth*
P197. Je vivrai l'amour des autres, *par Jean Cayrol*
P198. Le Crime des pères, *par Michel del Castillo*
P199. Les Cahiers de Malte Laurids Brigge
par Rainer Maria Rilke
P200. Port-Soudan, *par Olivier Rolin*
P201. Portrait de l'artiste en jeune chien, *par Dylan Thomas*
P202. La Belle Hortense, *par Jacques Roubaud*
P203. Les Anges et les Faucons, *par Patrick Grainville*
P204. Autobiographie de Federico Sánchez, *par Jorge Semprún*
P205. Le Monarque égaré, *par Anne-Marie Garat*
P206. La Guérilla du Che, *par Régis Debray*
P207. Terre-Patrie, *par Edgar Morin et Anne-Brigitte Kern*
P208. L'Occupation américaine, *par Pascal Quignard*
P209. La Comédie de Terracina, *par Frédéric Vitoux*
P210. Une jeune fille, *par Dan Franck*
P211. Nativités, *par Michèle Gazier*
P212. L'Enlèvement d'Hortense, *par Jacques Roubaud*
P213. Les Secrets de Jeffrey Aspern, *par Henry James*
P214. Annam, *par Christophe Bataille*
P215. Jimi Hendrix. Vie et légende, *par Charles Shaar Murray*
P216. Docile, *par Didier Decoin*
P217. Le Dernier des Justes, *par André Schwarz-Bart*
P218. Aden Arabie, *par Paul Nizan*
P219. Dialogues des Carmélites, *par Georges Bernanos*
P220. Gaston Gallimard, *par Pierre Assouline*
P221. John l'Enfer, *par Didier Decoin*

P222. Trente Mille Jours, *par Maurice Genevoix*
P223. Cent Ans de chanson française
par Chantal Brunschwig, Jean-Louis Calvet et Jean-Claude Klein
P224. L'Exil d'Hortense, *par Jacques Roubaud*
P225. La Grande Maison, *par Mohammed Dib*
P226. Une mort en rouge, *par Walter Mosley*
P227. N'en faites pas une histoire, *par Raymond Carver*
P228. Les Quatre Faces d'une histoire, *par John Updike*
P229. Moustiques, *par William Faulkner*
P230. Mortelle, *par Christopher Frank*
P231. Ceux de 14, *par Maurice Genevoix*
P232. Le Baron perché, *par Italo Calvino*
P233. Le Tueur et son ombre, *par Herbert Lieberman*
P234. La Nuit du solstice, *par Herbert Lieberman*
P235. L'Après-Midi bleu, *par William Boyd*
P236. Le Sémaphore d'Alexandrie, *par Robert Solé*
P237. Un nom de torero, *par Luis Sepúlveda*
P238. Halloween, *par Lesley Glaister*
P239. Un bonheur mortel, *par Anne Fine*
P240. Mésalliance, *par Anita Brookner*
P241. Le Vingt-Septième Royaume, *par Alice Thomas Ellis*
P242. Le Sucre et autres récits, *par Antonia S.Byatt*
P243. Le Dernier Tramway, *par Nedim Gürsel*
P244. Une enquête philosophique, *par Philippe Ken*
P245. Un homme peut en cacher un autre, *par Andreu Martín*
P246. A l'ouest d'Allah, *par Gilles Kepel*
P247. Nedjma, *par Kateb Yacine*
P248. Le Prochain sur la liste, *par Dan Greenburg*
P249. Les Chambres de bois, *par Anne Hébert*
P250. La Nuit du décret, *par Michel del Castillo*
P251. Malraux, une vie dans le siècle, *par Jean Lacouture*
P252. Une année en Provence, *par Peter Mayle*
P253. Cap Horn, *par Francisco Coloane*
P254. Eldorado 51, *par Marc Trillard*
P255. Juan sans terre, *par Juan Goytisolo*
P256. La Dynastie des Rothschild, *par Herbert Lottman*
P257. La Trahison des Lumières, *par Jean-Claude Guillebaud*
P258. Je suis vivant et vous êtes morts, *par Emmanuel Carrère*
P259. Minuit passé, *par David Laing Dawson*

P260. Le Guépard, *par Giuseppe Tomasi di Lampedusa*
P261. Remise de peine, *par Patrick Modiano*
P262. L'Honneur perdu de Katharina Blum, *par Heinrich Böll*
P263. Un loup est un loup, *par Michel Folco*
P264. Daddy's Girl, *par Janet Inglis*
P265. Une liaison dangereuse, *par Hella S.Haasse*
P266. Sombre Sentier, *par Dominique Manotti*
P267. Ténèbres sur Jacksonville, *par Brigitte Aubert*
P268. Blackburn, *par Bradley Denton*
P269. La Glace noire, *par Michael Connelly*
P270. La Couette, *par Camille Todd*
P271. Le Petit Mitterrand illustré, *par Plantu*
P272. Le Train vert, *par Herbert Lieberman*
P273. Les Villes invisibles, *par Italo Calvino*
P274. Le Passage, *par Jean Reverzy*
P275. La Couleur du destin, *par Franco Lucentini et Carlo Fruttero*
P276. Gérard Philipe, *par Gérard Bonal*
P277. Petit Dictionnaire pour lutter contre l'extrême droite *par Martine Aubry et Olivier Duhamel*
P278. Le premier amour est toujours le dernier *par Tahar Ben Jelloun*
P279. La Plage noire, *par François Maspero*
P280. Dixie, *par Julien Green*
P281. L'Occasion, *par Juan José Saer*
P282. Le diable t'attend, *par Lawrence Block*
P283. Les cancres n'existent pas, *par Anny Cordié*
P284. Tous les fleuves vont à la mer, *par Elie Wiesel*
P285. Parias, *par Pascal Bruckner*
P286. Le Baiser de la femme-araignée, *par Manuel Puig*
P287. Gargantua, *par François Rabelais*
P288. Pantagruel, *par François Rabelais*
P289. La Cocadrille, *par John Berger*
P290. Senilità, *par Italo Svevo*
P291. Le Bon Vieux et la Belle Enfant, *par Italo Svevo*
P292. Carla's Song, *par Ken Loach*
P293. Hier, *par Agota Kristof*
P294. L'Orgue de Barbarie, *par Bernard Chambaz*
P295. La Jurée, *par George Dawes Green*
P296. Siam, *par Morgan Sportès*

P297. Une saison dans la vie d'Emmanuel
par Marie-Claire Blais
P298. Smilla et l'Amour de la neige, *par Peter Høeg*
P299. Mal et Modernité, *suivi de*
Vous avez une tombe au creux des nuages
par Jorge Semprún
P300. Vidal et les Siens, *par Edgar Morin*
P301. Dieu et nous seuls pouvons, *par Michel Folco*
P302. La Mulâtresse Solitude, *par André Schwarz-Bart*
P303. Les Lycéens, *par François Dubet*
P304. L'Arbre à soleils, *par Henri Gougaud*
P305. L'Homme à la vie inexplicable, *par Henri Gougaud*
P306. Bélibaste, *par Henri Gougaud*
P307. Joue-moi quelque chose, *par John Berger*
P308. Flamme et Lilas, *par John Berger*
P309. Histoires du Bon Dieu, *par Rainer Maria Rilke*
P310. In extremis *suivi de* La Condition, *par Henri James*
P311. Héros et Tombes, *par Ernesto Sábato*
P312. L'Ange des ténèbres, *par Ernesto Sábato*
P313. Acid Test, *par Tom Wolfe*
P314. Un plat de porc aux bananes vertes
par Simone et André Schwarz-Bart
P315. Prends soin de moi, *par Jean-Paul Dubois*
P316. La Puissance des mouches, *par Lydie Salvayre*
P317. Le Tiers Livre, *par François Rabelais*
P318. Le Quart Livre, *par François Rabelais*
P319. Un enfant de la balle, *par John Irving*
P320. A la merci d'un courant violent, *par Henry Roth*
P321. Tony et Susan, *par Austin Wright*
P322. La Foi du charbonnier, *par Marguerite Gentzbittel*
P323. Les Armes de la nuit *et* La Puissance du jour
par Vercors
P324. Voltaire le conquérant, *par Pierre Lepape*
P325. Frère François, *par Julien Green*
P326. Manhattan terminus, *par Michel Rio*
P327. En Russie, *par Olivier Rolin*
P328. Tonkinoise..., *par Morgan Sportès*
P329. Peau de lapin, *par Nicolas Kieffer*
P330. Notre jeu, *par John le Carré*
P331. Brésil, *par John Updike*

P332. Fantômes et Cie, *par Robertson Davies*
P333. Sofka, *par Anita Brookner*
P334. Chienne d'année, *par Françoise Giroud*
P335. Nos hommes, *par Denise Bombardier*
P336. Parlez-moi de la France, *par Michel Winock*
P337. Apolline, *par Dan Franck*
P338. Le Lien, *par Patrick Grainville*
P339. Moi, Franco, *par Manuel Vázquez Montalbán*
P340. Ida, *par Gertrude Stein*
P341. Papillon blanc, *par Walter Mosley*
P342. Le Bonheur d'apprendre, *par François de Closets*
P343. Les Écailles du ciel, *par Tierno Monénembo*
P344. Une tempête, *par Aimé Césaire*
P345. Kamouraska, *par Anne Hébert*
P346. La Journée d'un scrutateur, *par Italo Calvino*
P347. Le Tambour, *par Günter Grass*
P348. La Minute nécessaire de monsieur Cyclopède *par Pierre Desproges*
P349. Fort Saganne, *par Louis Gardel*
P350. Un secret sans importance, *par Agnès Desarthe*
P351. Les Millions d'arlequin, *par Bohumil Hrabal*
P352. La Mort du lion, *par Henry James*
P353. Une sage femme, *par Kaye Gibbons*
P354. Dans un jardin anglais, *par Anne Fine*
P355. Les Oiseaux du ciel, *par Alice Thomas Ellis*
P356. L'Ange traqué, *par Robert Crais*
P357. L'Homme symbiotique, *par Joël de Rosnay*
P358. Moha le fou, Moha le sage, *par Tahar Ben Jelloun*
P359. Les Yeux baissés, *par Tahar Ben Jelloun*
P360. L'Arbre d'amour et de sagesse *par Henri Gougaud*
P361. L'Arbre aux trésors, *par Henri Gougaud*
P362. Le Vertige, *par Evguénia S.Guinzbourg*
P363. Le Ciel de la Kolyma (Le Vertige, II) *par Evguénia S.Guinzbourg*
P364. Les hommes cruels ne courent pas les rues *par Katherine Pancol*
P365. Le Pain nu, *par Mohamed Choukri*
P366. Les Lapins du commandant, *par Nedim Gürsel*
P367. Provence toujours, *par Peter Mayle*

P368. La Promeneuse d'oiseaux, *par Didier Decoin*
P369. Un hiver en Bretagne, *par Michel Le Bris*
P370. L'Héritage Windsmith, *par Thierry Gandillot*
P371. Dolly, *par Anita Brookner*
P372. Autobiographie d'un cheval, *par John Hawkes*
P373. Châteaux de la colère, *par Alessandro Baricco*
P374. L'Amant du volcan, *par Susan Sontag*
P375. Chroniques de la haine ordinaire
par Pierre Desproges
P376. La Prière de l'absent, *par Tahar Ben Jelloun*
P377. La Plus Haute des solitudes, *par Tahar Ben Jelloun*
P378. Scarlett, si possible, *par Katherine Pancol*
P379. Journal, *par Jean-René Huguenin*
P380. Le Polygone étoilé, *par Kateb Yacine*
P381. La Chasse au lézard, *par William Boyd*
P382. Texas (tome 1), *par James A.Michener*
P383. Texas (tome 2), *par James A.Michener*
P384. Vivons heureux en attendant la mort
par Pierre Desproges
P385. Le Fils de l'ogre, *par Henri Gougaud*
P386. La neige tombait sur les cèdres
par David Guterson
P387. Les Seigneurs du thé, *par Hella S. Haasse*
P388. La Fille aux yeux de Botticelli
par Herbert Lieberman
P389. Tous les hommes morts, *par Lawrence Block*
P390. La Blonde en béton, *par Michael Connelly*
P391. Palomar, *par Italo Calvino*
P392. Sous le soleil jaguar, *par Italo Calvino*
P393. Félidés, *par Akif Pirinçci*
P394. Trois Heures du matin à New York
par Herbert Lieberman
P395. La Maison près du marais, *par Herbert Lieberman*
P396. Le Médecin de Cordoue, *par Herbert Le Porrier*
P397. La Porte de Brandebourg, *par Anita Brookner*
P398. Hôtel du Lac, *par Anita Brookner*
P399. Replay, *par Ken Grimwood*
P400. Chesapeake, *par James A. Michener*
P401. Manuel de savoir-vivre à l'usage des rustres et des malpolis
par Pierre Desproges

P402. Le Rêve de Lucy
par Pierre Pelot et Yves Coppens (dessins de Liberatore)
P403. Dictionnaire superflu à l'usage de l'élite et des bien nantis
par Pierre Desproges
P404. La Mamelouka, *par Robert Solé*
P405. Province, *par Jacques-Pierre Amette*
P406. L'Arbre de vies, *par Bernard Chambaz*
P407. La Vie privée du désert, *par Michel Chaillou*
P408. Trop sensibles, *par Marie Desplechin*
P409. Kennedy et moi, *par Jean-Paul Dubois*
P410. Le Cinquième Livre, *par François Rabelais*
P411. La Petite Amie imaginaire, *par John Irving*
P412. La Vie des insectes, *par Viktor Pelevine*
P413. La Décennie Mitterrand, 3. Les Défis
par Pierre Favier et Michel Martin-Roland
P414. La Grimace, *par Heinrich Böll*
P415. La Famille de Pascal Duarte
par Camilo José Cela
P416. Cosmicomics, *par Italo Calvino*
P417. Le Chat et la Souris, *par Günter Grass*
P418. Le Turbot, *par Günter Grass*
P419. Les Années de chien, *par Günter Grass*
P420. L'Atelier du peintre, *par Patrick Grainville*
P421. L'Orgie, la Neige, *par Patrick Grainville*
P422. Topkapi, *par Eric Ambler*
P423. Le Nouveau Désordre amoureux
par Pascal Bruckner et Alain Finkielkraut
P424. Un homme remarquable, *par Robertson Davies*
P425. Le Maître de chasse, *par Mohammed Dib*
P426. El Guanaco, *par Francisco Coloane*
P427. La Grande Bonace des Antilles
par Italo Calvino
P428. L'Écrivain public, *par Tahar Ben Jelloun*
P429. Indépendance, *par Richard Ford*
P430. Les Trafiquants d'armes, *par Eric Ambler*
P431. La Sentinelle du rêve, *par René de Ceccatty*
P432. Tuons et créons, c'est l'heure, *par Lawrence Block*
P434. François Mitterrand, *par Franz-Olivier Giesbert*
P445. Tu vois, je n'ai pas oublié
par Hervé Hamon et Patrick Rotman